Mi amiga Berta

Berta en la granja

Una historia de **Liane Schneider**
con ilustraciones de **Eva Wenzel-Bürger**

Traducción y adaptación
de Teresa Clavel y
Ediciones Salamandra

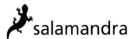

Esta mañana ha llegado una carta de Margarita, la mejor amiga de mamá. Vive en una granja, en el campo, donde cría vacas, cabras, ovejas, conejos y otros animales.

Al final de la carta, Margarita las invita a pasar las vacaciones en su granja. Berta se pone muy contenta, porque siempre ha querido ir allí.

—Vamos a ir, ¿verdad, mamá? ¡Di que sí, di que sí!

—De acuerdo —responde su madre sonriendo.

Al fin llegan las vacaciones.
Berta y su madre suben
al tren. Papá no puede ir.
¡Qué pena!
Berta mira todo el rato
por la ventanilla junto a
su osito de peluche. Nunca
había ido tan lejos de su
casa. ¡Todo la sorprende!
Ve pasar a gran velocidad
casas, granjas, árboles,
campos y pueblos. Luego
empieza a ver vacas,
caballos y muchas ovejas.

Nicolás, el marido de Margarita, ha ido a la estación a recoger a Berta y a su madre. Mientras él mete las maletas en casa, Berta conoce a María, que tiene su edad, y a su perro *Bubú*. ¡Son muy simpáticos! La granja es una casa enorme con un establo y un pajar. Al lado del establo hay un gran estercolero. Se oye el zumbido de las moscas que vuelan bajo el sol. Huele a granja y estiércol.

—¡Cómo me gusta el olor del campo! —dice mamá.

Berta está impaciente por ver los animales, y María quiere enseñárselos todos. Empiezan por la pocilga, donde una mamá cerda está tumbada rodeada de sus ocho cerditos. Luego van al establo de las vacas, pero está vacío.

—Las vacas están comiendo en el prado —le explica María.

Entonces María la lleva a ver su conejo *Orejotas*.
Le ha puesto ese nombre por sus enormes... orejas,
claro. Las niñas le dan lechuga. ¡Qué suave es!
¡Y qué gracioso, con esa nariz que no está quieta
ni un momento!

Las niñas van a ver al ternero, que está en su cercado.
—Acércale la mano —dice María—, no tengas miedo.
Berta lo hace y el ternero le chupa un dedo como si fuera
un biberón. ¡Es una monada!

—Ahora iremos a ver las gallinas y los patos —anuncia María. Están todos en un gran prado, al lado de una charca con cañas. Hay gallinas picoteando, gallos con plumas preciosas, ocas blancas y patos que chapotean en el agua. Un poco más allá, hay unos cerdos gruñendo.

A Berta le gustaría tocar una gallina, y decide saltar la valla.

Pero cuando Berta se acerca a los animales, todos se van corriendo. Todos menos el gallo, ¡que empieza a perseguirla! ¡Qué miedo!

Berta empieza a correr también. Entonces resbala
y... ¡pataplaf! ¡Se ha caído en el charco donde
estaban bañándose los cerdos!
¡Uf! ¡Cómo se ha puesto de barro!
Los cerdos se alejan gruñendo.
¿Quién se ha asustado más, Berta o ellos?

¡Ah! Aquí están las cabras
y las ovejas. ¡Al menos
ellas parecen contentas
de ver llegar a las niñas!
Berta ha arrancado un
puñado de hierba fresca
y se la tiende a las
cabritas, pero María le
explica que todavía son
demasiado pequeñas para
comer hierba.
—Entonces, ¿qué comen?
—Nada —responde María
sonriendo—. Sólo beben
la leche de su mamá.
En ese momento, la
mamá cabra se acerca.
¡Ella sí se comerá
encantada el puñado
de hierba de Berta!

Al día siguiente, Nicolás lleva
a Berta y María en su tractor.
¡Qué divertido! Berta está sentada
en lo alto, y nota en la cara cómo
sopla el viento.

De vuelta en la granja, María le muestra a Berta su escondite secreto en el pajar. Aquí huele a verano, y es muy divertido saltar encima de la paja. De repente, las niñas oyen unos maullidos, y encuentran a la gata de María con sus cinco gatitos. Berta quiere acariciar uno, pero María le explica que, si lo hace, la mamá gata se enfadará.

Es la hora de ordeñar. Margarita limpia las ubres de las vacas y después les coloca la máquina de ordeñar. La leche fluye por un tubo que la lleva hasta un bidón.

—Antes ordeñaban las vacas a mano —explica Margarita.

A Berta le pica la curiosidad:

—¿Y cómo se hace?

Margarita le pide que se siente en un taburete y le enseña cómo presionar la ubre de la vaca con las dos manos.

—¿No le haré daño? —dice Berta, preocupada.

—Tranquila, no tengas miedo.

Y Berta lo hace muy bien.

Entonces le apetece probar la leche. ¡Está deliciosa! ¡Mucho mejor que la leche del supermercado!

Ya hace una semana que Berta y su madre llegaron a la granja. Berta conoce todos los animales y María se ha convertido en una amiga de verdad. Por desgracia, en algún momento todas las vacaciones se acaban: hay que volver a casa. Berta está muy triste. Para consolarla, Nicolás le promete que las llevará a la estación en carro. El carro lo tira una simpática yegua que se llama *Dora*. A Berta le dejan sentarse delante y llevar las riendas. ¡Es divertido! Y, como regalo de despedida, Margarita les da pan recién hecho, jamón, salchichas y todos los huevos que Berta ha recogido por la mañana en el corral.

De vuelta en casa, a Berta le gusta todavía más desayunar.
Ahora sabe que son las gallinas las que ponen los huevos, y
sus amigas las vacas las que dan la leche. ¡Qué rico está todo!

Título original: *Conni auf dem Bauernhof*

Copyright © Carlsen Verlag GmbH, Hamburgo, 1997
www.carlsen.de
Copyright de la edición en castellano © Ediciones Salamandra, 2011

Derechos de traducción negociados a través de
Ute Körner Literary Agent, S.L. Barcelona - www.uklitag.com

Publicaciones y Ediciones Salamandra, S.A.
Almogàvers, 56, 7º 2ª - 08018 Barcelona - Tel. 93 215 11 99
www.salamandra.info

Reservados todos los derechos.

ISBN: 978 84 9838 394 2

1ª edición, octubre de 2011 • *Printed in China*